은파

은파

이태수 시집

문학세계사

□시인의 말

말이 잠 깨는 절을 찾아
빈 마음으로 걸어가리라고 했던
등단 소감 한 구절이 새삼 생각난다.

그 초심을 반세기가 지난 지금까지도
저버리지는 않으려 한 것 같다.
스물두 번째 시집을 낸다.

2025년 벽두에
이태수

□ 차례

I

II

III

IV

느낌

비 온 뒤 하늘같이
풀잎을 스치는 바람같이

창공을 나는 새같이
더러는 고목의 새순같이

잠시 머무는 느낌

다시 스미는 느낌

더러는 저물녘 노을같이
유리벽 밖 불빛같이

밤 못물 위의 달빛같이
동틀 무렵 동녘같이

그의 시

그의 시는 담박하고 간결하다
군더더기가 없고 정결하다
말하지 않는 말이
말하는 말보다 높고 깊은 말을 한다
그 말에 다가가려
한참 귀를 기울이다 보면
그 비의들이 나를 들어 올린다

그 말하지 않는 듯 하는 말이
나를 들어 올리게 되는 건
시의 본령 탓일까
그는 산문의 시대에 살고 있으면서도
시를 살고 있는지
그의 시에 다가가다 보면
빙산의 일각을 떠올리게 된다

날개 1

오늘 하루는 방안에 들어박혀
온종일 음악을 들었어요
들었다기보다 그 속으로 빠져들었지요
오래된 클래식에서 새삼스레
날개를 단 트로트에 이르기까지
마음이 가는 데로 나를 맡겨 두었어요
느릿느릿하게, 또는 잰걸음으로
나를 데리고 가면 가는 대로
올라가면 오르고 내려오면 내려왔지요
연옥을 헤매거나 떠돌고
꿈속 나라에 깃들기도 했어요

몇 날 며칠 시 쓰기를 멈추고
내 말에 날개를 달아 줄
그 무언가를 기다리고 찾았던 거지요
내가 각별히 좋아하는 음악은
언제나 영감을 안겨주는 데다

이 세상 어디든 데려다주기도 하지요
해 질 녘에야 모처럼 내 말이
조그마한 두 날개를 달더군요
시가 되레 나를 쓰게 된 거라 할까요
이럴 땐 홀로 마시는 술도
처진 마음에 날개를 달아줘요

날개 2

한여름 한낮 한때 마음에 날개를 단다
너무 높게도 말고 낮게도 말고
창밖의 하늘을 날아보고 싶다

간밤 꿈속에서 만났던 천사를
이 한낮에 만날 수는 없겠지만
간밤 꿈길 더듬어 조신하게 날고 싶다

태양 가까이 날아오르다가 추락해버린
이카로스의 날개도 떠올리면서
창밖 하늘로 날아오르고 싶다

천사가 귀띔해준 말을 새기며
폭염이 쏟아지는 이 한낮 한때
간밤의 꿈속처럼 마음에 날개를 단다

날개 3

오늘뿐인 오늘도 마음에 날개를 단다

처음이듯 마지막이듯

마음에 날개를 달아주는 꿈을 꾼다

꿈이 곧 날개이므로

오늘도 처음이자 마지막인 꿈을 꾼다

무지 無知

나, 지금 어디에 있지?

방안에 눌러앉아 있으면서도

나, 어디로 가고 있지?

눈감고 드러누워 있으면서도

나, 어디에 갔다 왔지?

무지의 무지

마음눈을 감고 있었나

너 자신을 알라고 했는데

내가 나를 모르고

모르는데 안다고 알고 있었나

모른다는 것도 모르고 있었나

나를 들여다보며

내가 모르는 나를 깨우는

마음눈은 뜨지 못했나

무지의 지知

나는 내가 아무것도 모르는 것을
모르고 살아오기만 했던가
어디서 왔다가 어디로 가고 있는지
모르면서 안 갈 수는 없어
가고 있는지는 알고 있지 않았나

나는 내가 아무것도 모르는 것을
소크라테스는 안다고 했다
그 사람은 진정으로 지혜로운 자는
신이라고 말하지 않았던가
내가 나를 모르는 건 알 것 같다

날마다 가는 길

누군가 내 등을 떠민다
누구인지는 모르지만 등을 떠민다
아침부터 갈 데가 없는데도 길을 나선다
떠밀려 가다 보면 길이 끌어당긴다
길이 끌어당기는 데로 내가 끌리어 간다

한참 그렇게 가다가 보면 스스로 간다
길이 나를 끌어당기지 않아도
등을 떠미는 사람이 없는데도
내가 가는 곳이 어딘지 모르면서 간다

그제도, 어제도 그랬지만 다시 돌아선다
가고 또 가 보아도 거기가 거기라서
갔던 길로 되돌아올 수밖에 없어서이다
하지만 내일도, 모래도 같은 길을
가지 않을 수 있을는지

도로徒勞

가다가 돌아오고 와서는 다시 간다

내가 가는 곳은 거기가 거길까

멀리 가도 거기이고 돌아와도 거기다

하지만 오늘도 간다

거기가 거기라도 안 갈 수 없어 간다

갈 곳 찾으려 다시 되돌아온다

다람쥐도 보란 듯 쳇바퀴를 돌린다

묵상

내가 너에게 든 건지
네가 나에게 들어온 건지

깊은 산골 물소리

내가 너를 만나러 가는 건지
네가 나를 만나러 오는 건지

물소리 깊은 산골

네가 나를 품어 주는 건지
내가 너를 품는 건지

낭패狼狽 1

나이 들면 덜 보고 덜 들으라고
덜 들리고 덜 보인다더군

볼 만큼 보고 들었으니
안 듣고 안 볼 때가 멀지 않다더군
저작咀嚼도 여의치 않아

성하지 않은 이빨은 물론
고치고 싶은 게 많으니 낭패로군

낭패 2

아침 창가에 앉아 어디로 가볼까 궁리한다
가야 할 곳이 떠오르지 않는다
한참 생각해봐도 마찬가지다

신발 끈을 탱탱하게 고쳐매고 길을 나선다
길이 이끄는 데로 가야 하나
발길이 닿는 대로 가야 하나
어제처럼 가다가 되돌아올지라도 나아간다

다람쥐가 쳇바퀴를 돌리듯이
아무리 가봐도 역시 그 자리다
기도, 되돌아와도 가야 할 곳이 안 보인다

낭패 3

술이 떨어지니 안주가 남고
안주가 떨어지자 술이 남는다
안주를 다시 시켜 술을 마신다
술 떨어져도 또 안주가 남는다

다시 술을 시켜서 마시자니
거나하게 취해 내가 술을
부르는지 술이 술을 부르는지
안주가 다 떨어져 버려도
술잔이 비고 다시 비워진다

술이 술을 부르는지 모르겠지만
주모가 한사코 말려도 막무가내
술잔을 비우고 채우고, 비운다
술이 나를 마시고 있는 걸까

낭패 4

하고 싶은 말을 되도록 참는다
뜸을 들이면서 간결하게 줄이고 삭인다
하지만 그게 능사는 아닌 듯하다

하고 싶은 말이 점점 많아지고
장황해지려 하는 건 무엇 때문일까
안 보려 해도 보이니까 그런가

세상이 요즘 거꾸로 가지 않는지
거짓이 진실을 밀어내는 세상이 아닌지
아무리 보아도 그렇게만 보인다

고향

꿈속에서만 만나던 고향에 가면
가는 동안에도 보이던 고향은 없다

빈 마음으로 돌아오면서는
차창 너머 꿈속의 고향이 다가온다
옛집과 옛사람들, 그 옛날도
바뀌지 않은 옛 모습으로 따라온다
차를 멈춰 그 꿈길에 든다

눈을 감으면 고향은 그대로 있는데
눈뜨면 고향은 잃어버리고 없다

고향, 밤길

고향의 시오리 밤길을 걷는다
멀리서 깜빡이는 불빛들
저 마을까지는 한참을 더 걸어야 한다
먼 옛날이 그리워 나선 길이라 그럴까
그때의 나도 저만큼 앞서 걸어간다

까마득하게 잊고 있었던 옛 친구가
저 마을에서 마치 기다리기라도 하듯이
뜬금없는 생각인 줄을 알고 있으면서도
옛날처럼 그를 만나러 가는 길이다

왜 잊고 있던 그기 보고 싶은 건지
가 보아도 만날 수 없다는 걸 아는데도
만나보겠다고 시오리 밤길을 걷는 건지
내려다보는 저 달은 알까
어두운 밤길을 환히 밝혀준다

돌부처와 서천西天*

돌부처는 서천만 바라보고 있다

절벽 위에 가부좌로 앉아

오른손 들어 올리고 왼손은 드리운 채

마냥 서천만 바라보고 있다

누군가 코를 떼어가고 눈을 빼갔는데도

아랑곳없이 절벽에 정좌해

눈도 코도 없이 서천만 우러르고 있다

돌로 돌아가고 있는데도

가는 데까지 가려 하는 것 같다

*서방 극락세계

30

지금, 여기

처음이자 마지막인 지금 눈이 내립니다

이 처음도 마지막도 지나가면서
돌아오지 못하고 눈에 덮입니다

여기는 처음이자 마지막 순간 속입니다

마지막은 처음이 맞물고 처음은
마지막과 맞물려 있을 테니까요

나는 지금, 여기서 눈을 맞고 있습니다

처음이자 마지막인 이 순간들은
끝없이 가고 오고 떠나가는데도

나는 여기서, 지금 이 순간을 붙듭니다

청노루귀

이른 봄 야산에서 만난 야생화
청노루귀

꽃잎이 청초해 되레 슬프다
먼 옛날의
소녀가 생각나서 이런 걸까

돌아서도
눈앞에 먼저 와 있는 청노루귀

연꽃

연꽃은 왜 진흙탕에서 피는지

마음 낮춰 바라보고 있으면
말 없는 말을 하는 듯
환하게 머금고 있는 미소로
혼탁한 마음을 흔들어 깨운다
정결한 마음은 고난 속에서
꽃필 수 있다는 사실을
몸소 일깨우고 있는 것일까

진흙밭 속의 나를 들여다본다

연꽃 한 송이

풍진세상을 탓하다 말고
옥빛 먼 하늘을 우러른다

우리가 꿈꾸는 세상이 언제 있었던가

멀리서 들려오는 범종 소리

꿈속의 나라가 다가오듯 가물거린다

연못 진흙탕에는 환하게
피어나는 연꽃 한 송이

수련睡蓮 별곡

아침 연못에 핀 수련을 보노라면
긴 잠에서 영영 깨어나지 않는
너 보고 싶은 마음 이다지 아리다

간밤의 잠을 밀고 나오며

벙그는 수련 한 송이,

네 모습도 포개져 보인다

너 보고 싶은 마음 어째야 할는지
꿈속에서나 만나보곤 할 것을,
차라리 잠에서 깨어나지 말 것을,

돌확 꽃

돌확에 꽃 몇 송이 예쁘게 피어있네요
고인 물에서 잘 피는 꽃들을 가꾸는
따스한 손길이 애틋하게 느껴지는군요

옛날 어머니 손길이 그리워
그 기억들 위에 꽃을 기르는지
고소한 참깨를 으깨고 매운 고추를 빻던
어머니를 안 잊으려 하는 건지
그 마음자리 참 아름답군요

길을 가다가 낯선 집의 담장 아래 놓인
돌확의 물에 핀 꽃을 들여다봅니다
먼 옛날 어머니 생각이 간절해집니다

나리꽃

나를 반기는 걸까

그 누구를 기다리는 걸까

목을 길게 늘이고 고개 숙인

나리꽃이 내 발길을 붙잡는다

간밤에 내린 비에 새 단장 하고

어제의 모습으로 그 자리에서

다소곳이 나를 반기는 걸까

그 누구를 기다리는 걸까

이리 마음 아리다

노루발풀

솔숲 그늘이 나의 터전이에요
지난 겨우내 땅속 세균과 서로 도우며
새봄 너머 햇살 따끈한 유월을 기다렸어요

꽃대에 자그맣게 매단 연노랑 꽃들이
솔숲 그늘의 등불들 같지 않은가요

가만가만 귀 기울여 보세요

방울 소리도 들려올 수 있으니까요
연약한 꽃대라도 이 방울들을 달았죠

아릿한 등불들을 켜기 위해 무진 애썼어요
땅속 세균들도 한결같이 도와주더군요
솔숲이 환해 보이지 않으세요

유월이 돌아오기를 기다리며

한겨울에도 결기 하나로 버텼지요
솔숲 그늘에 방울 달고 등불을 켠
이 단심, 어여쁘지 않은가요

맥문동꽃

여름 내내 배롱나무는 붉은 꽃을, 맥문동은
보라 꽃을 피웁니다
배롱나무는 땡볕을 향해,
맥문동은 그 그늘에서 생명에 불을 지핍니다

맥문동꽃은 하늘 향해 꼿꼿한 꽃대에 오종종,
배롱꽃은 아래위, 사방으로 두루 피어납니다
배롱나무는 오지랖 넓어
베풀며 살고 있지만
맥문동은 그 그늘에서라도 기죽지 않습니다

기죽지 않을 뿐 아니라 꼿꼿이 꽃 피우면서
하늘을 지향합니다
비록 응달에서 살지라도
끈질긴 생명력으로 하늘을 따르고 있습니다
고향옛집의 맥문동꽃들도 마찬가지였습니다

하지만 맥문동꽃들은 가슴 아프게도 합니다
응달에서만 겨우살이 한
기억들 때문입니다
오늘도 맥문동 보라 꽃들이 마음 흔듭니다

불두화, 길

며칠이나 바라보던 불두화들이 진다
그런데 마음은 왜 되레 맑아지는 걸까
와서 가야 하는 길을 온 길로
미련 없이 되돌아가는 듯해 이럴까

아무 향기도 없이, 꽃술도 없이,
한 번도 벌과 나비를 불러들이지 않고
무덤덤 왔다가 떠나기 때문인가

어디서 와 어디로 가는지도 모르는
이 길에서 헤매는 마음 붙들어
되돌아가는 불두화의 길을 따라나선다
부질없는 상념들도 한결 가벼워진다

유리창 너머

유리창 너머 멧새들이 와서 지저귀고
멧새들이 깃든 배롱나무의
붉은 꽃들이 시나브로 지고 있다

그제도 어제도 오던 그 멧새들일까
봄 지나 여름도 가는 이 황혼 무렵

배롱꽃들을 떠나보내면서 아쉬워
위문 공연이라도 하는 건지
나도 이참에 후렴이라도 보태고 싶다

가을 점묘

어제처럼 오늘도 단풍잎들이 진다

하늘에는 구름이 느릿느릿 흘러가고

머리 위로 새들이 바삐 지나간다

소나무 그늘의 장의자에 비스듬히 앉아

달라지는 풍경에 눈과 귀를 연다

어제보다 바람이 더 서늘해졌는데도

담장 아래의 샐비어들은 역주행하듯

불꽃 같은 꽃잎들이 더 붉어졌다

노을이 서산마루에 걸리자 어디에선가

이따금 풀벌레 소리가 들려온다

노파가 밀고 가는 유모차 바퀴에는

남은 햇살이 반짝이며 돌고 있다

청도, 가을 하늘

감들이 매달린 하늘이 맑고 높다

일찍이 어느 시조시인*이
저렇게 푸른 하늘이 어디에다 가마 걸고
이렇게 붉은 열매를 주저리로 구워 내렸나
라고 노래했듯이
청도의 가을 하늘은 감을 굽는 가마터일까
잘 빚은 주황 도자기 같은 감들에 이끌려
그 나무 아래 앉게 된다

마치 아직도 덜 굽힌 도자기 같이

*정완영(1919~2016)

낙원

몸살을 앓고 있는 밤, 침대에 드러누워
바흐의 무반주 첼로 조곡을 듣는다
마음은 꿈길을 가듯 산과 바다에 이르고
하늘의 깊은 데까지도 나아간다

방에 갇힌 채 해종일 앓고 있었지만
눈을 감은 채 귀를 열고 있으면
몽매에도 그리워하던 세계에 깃든다

첼로의 부드럽고 깊숙한 울림은
바흐와 카잘스의 영혼이 만나 빚고 있는
연옥 저편 낙원에 데려다주는 걸까
신비의 산과 바다, 하늘에 든 것 같다

늦가을에

안 보이는 바람이 분다
또 어디로 가야 하나
허공에 떠서 가는 뜬구름

나뭇잎들이 발치에 떨어진다
가고 싶은 곳이 떠오르지 않아
저어하기도 벌써 며칠째인가

가고 싶은 곳이 없어진 건
내가 뜬구름 같아선가
안 보이는 바람이 분다

조락凋落

조락의 계절 탓일까
뭔가 자꾸만 떨어져 내리는 것 같다

때가 되면 지고 마는 것이 나뭇잎뿐이랴
주위를 돌아보면 가까웠던 사람들이
하나둘 가야 할 길을 떠나가고 말아
늦가을 황혼 무렵의 낙엽에 마음 쓰인다

밀알이 떨어진 뒤 새 생명을 잉태하듯이
소멸과 생성은 자연의 질서일 텐데도
나뭇잎 하나 떨어져도 마음 흔들리니
아직도 그 순리에 따르지 못해서 이럴까

뭔가 자꾸만 떨어져 내리는 것 같아
마음을 다잡아 본다

창밖의 산딸나무

창가에 기대어 바깥을 내다본다
창밖에는 산딸나무가 묵묵히 서 있다

산딸나무는 꽃잎이 십자가 같아
예부터 성스러운 나무로 불리어온 걸까
십자가 나무라는 속설도 전하지만
연원이 어떻든 우러러 보인다

저 꽃잎들을 바라보고 있으면
산딸나무도 내 속마음 들여다볼까
외면한 채 먼 산을 바라보고 있는 경우
마음을 더더욱 낮추어야만 할까

오늘따라 창밖의 저 산딸나무가 한참
무릎을 꿇고 두 손 모으게 한다

뜬구름

낙엽 흩날리는 길을 가다가
올려다본 옥빛 하늘
가듯 말 듯 가는 구름 몇 자락
문득 새 두어 마리가
앞을 가로지르면서 날아간다

가듯 말 듯 걸어가다 멈춰 서면
같은 길을 가는 사람들도
멈춰 서듯 말 듯이 가고 있지만

새들은 또 쏜살같이 날아간다
먼 하늘 우러러 가는
나도 이 세상에선 한갓 뜬구름
옥빛 나라를 꿈꾸며
가다가 멈춰 서다 다시 가는,

섭생攝生

앞뜰 소나무가 솔방울을 잔뜩 달고 있다
지난날은 이러지 않았던 것 같은데
아마도 요즘은 살기 어려운가 보다

대추가 많이 열리게 하려면
대추나무를 견딜 만큼 괴롭혀야 하고

위기가 닥쳐올 때 소나무는 솔방울을
가지가 휘게 단다고 하던가

염소들이 대추나무에 매인 채 계속
고삐 당기면서 나무를 흔들어 댄다
누가 대추가 많이 열리도록 저랬을 거다

우리는 언제부턴가 위기에 맞닿은 채
시달리며 살아가는 게 아닐는지
그래서 더 강인해지지 않았는지

억누르면 더 아름다워진다고 한
노자의 섭생이란 말이 문득 떠오른다

담장 위의 풀

담장 위의 풀을 바라보다가
바람에 민감한 한 지기가 떠올랐습니다

이즈음 자주 진로를 바꾸는
바람 때문에 그런가 봅니다
바람 부는 쪽으로만 쏠리는 풀들을 보면
왜 잘 살아남는지 알 수 있습니다
담장 위의 풀을 바라보면서
그 생명력이 그리도 부럽던
마음을 이젠 거두어들이려 합니다
그 지기는 마치 저 담장 위의 풀 같아서
난세에 잘 나가는지 몰라도
바람은 또 어디로 불는지요

바뀌어야 산다는 처세술을 뒤집어보면서
담장 위의 풀을 바라봅니다

맹그로브*

맹그로브 숲에 가본 적이 있습니다
그 숲의 나무들이 부럽기도 하고
얄밉다는 생각이 들게도 했습니다
물이 밀려와도 빠져나가도 아랑곳하지 않고
그 자리에서 아무 탈 없이 잘살고 있더군요

요즘 어떤 사람들을 보면 그 나무들 같다는
생각이 들어 부러운 마음도 없는 바 아니나
얄밉다는 생각이 그보다 앞섭니다
바뀌어야 살 수 있는 세태라지만
기회주의자가 되고 싶지는 않거든요

*조수에 따라 물에 잠기고 물가의 뭍에서 자라나는 관목이나 교목

물, 소리

물은 소리를 낮추며 흐른다

흘러가면서 한없이 낮추고 낮춘다

아래로만 내려가며 깊고 높아진다

높고 깊어져 소리를 거둔다

요정妖精

울적할 땐 물 위의 윤슬을 보러 간다
낮에는 강가에 나가 만나고
달빛 따라 걷다가는 호수에서 바라본다

끝없이 일고 지워졌다가 다시 이는
내 마음의 잔물결
빛을 못 받아 제 그늘에 들곤 한다

밤 호수 잔물결이 달빛과 어우러지거나
흐르는 강 물결이 되비추는
윤슬은 내 발길 잡아끄는 요정들이다

맑게 갠 아침

장마 그치고 모처럼 맑게 갠 아침
구름 한 점 없는 하늘을 오르내리는
멧새들의 투명한 지저귐 소리

무거운 마음도 그 소리에 가벼워진다
햇빛이 너무 부셔 가다가 되돌아오지만
그 여운만은 품어 안고 온다
멧새들은 앞산 숲에 깃들었겠지

기다리자 다시 날아드는 멧새들
배롱나무에 앉아서 지저귄다
그 소리에 배롱나무도 화답하고 있는지
붉은 꽃잎들이 더욱더 붉어지고 있다

모처럼 맞이하는 상쾌한 아침
유리창 밖을 바라보기만 하지 말고
앞산 숲길 따라 나들이 가야겠다

맑은 날

오늘은 모처럼 맑게 갠 날

장마에 눅눅하게 젖었던 마음 뒤집어

나무들이 내려다보는 앞뜰 양지쪽에 넌다

참새와 멧새들이 잇달아 날아들면서

뒤집어 말리는 마음에 끼었듯이

지저귀자 나무들도 춤사위를 넣는다

마음 거두어들이니 한결 밝아진 것 같다

지루했던 장마도 이젠 물러난 것일까

앞산 위의 하늘이 옥빛이다

매지구름

해 질 무렵 서산 위를 쳐다본다
지난날처럼 꽃구름을 보고 싶었는데
느닷없이 나타난 매지구름 몇 장,
비를 쏟아부을 듯 잰걸음이다

하늘도 요즘 변덕이 죽 끓듯 하는지
갰다 흐렸다 수시로 달라진다
얼굴 자주 바꾸는 사람들 때문에
마음 아파한 게 어제오늘이 아니지만
오늘만은 꼭 보고 싶던 꽃구름

매지구름들이 발길을 돌린 뒤
어두운 하늘엔 별들 또한 잰걸음이다
밤하늘은 언제 그랬느냐는 듯이
별들에게 바탕이 되어 준다
하지만 언제 또 별들을 쫓아낼는지

꽃구름 대신 별들을 품는다
세상이 너무나 수상해서 이럴까
하늘도 믿지 못하다니 낭패 아닌가
내 마음도 매지구름 같아설까

피서避暑

지난 한겨울에는 한여름을 떠올렸는데
이 한여름에는 그 한겨울을 떠올린다
언 손을 비비며 이마의 구슬땀을,
구슬땀을 닦는 지금은 언 손을 떠올린다

마주치면 춥기도 하고 덥기도 한 날들엔
그날과 정반대의 날을 불러들이고
끌어당기며 스스로 추스르곤 한다
지금은 한여름 한복판, 무더운 날씨지만

때가 되면 오고 가는 것이 계절의 순리
아무도 말릴 수 없는 세월인 것을,
이 한여름엔 지난 한겨울을 불러들여
언 손 비비듯 이마의 구슬땀을 닦는다

머나먼 꿈길

방에서 앉았다 누웠다가 하면서도
마음은 어김없이 길을 나선다
눈을 감으면 더 먼 곳으로도 간다
떠도는 팔자 때문인지 모르겠으나
집에만 붙박여도 마음은 어디론가 간다

지나온 길 따라 거슬러 갈 때도 있지만
가고 싶은 길과 가보지 못한 길로,
눈을 감으면 가지 못할 길로 가고
꿈속의 나라로도 날아서 간다
앉았다 누웠다 하면서 멀리 간다

아마도 이즈음 아무 데도 잘 가지 않으며
어쩌지 못해 집콕, 방콕할 때가 잦고
꿈꾸는 길로는 갈 수 없기 때문인 것일까

황혼

또 날이 저물고 서녘이 붉다

떠돌다 집 앞에 이르면

해종일 헤매던 마음도 붉다

내 앞을 가로질러 나는

새의 지저귐은 나직이 붉다

저물 무렵엔 왜 이런지

보이고 들리는 게 죄다 붉다

먼바다, 파도

포구의 야트막한 언덕에 앉아서
저녁 바다를 바라본다
등대에 불이 켜지고

고기잡이배 몇몇이 포구로 돌아온다

파도는 쉬지 않고 마냥
바다의 속살을 닦고 있는 것일까

멀리 희미하게 보이는 섬들 사이
나도 조그만 섬이 된다

섬이 된 채 불러도 돌아오지 않는다

먼 곳에서 가까이로
끝없이 밀리는 파도는
바다의 속살을 닦고 있는 것 같다

윤슬과 은파

강과 바다가 만나는 한적한 마을에

며칠째 홀로 머물고 있습니다

낮에는 강가를 거닐며 윤슬을 바라보고

달밤엔 바닷가의 야트막한 언덕에 앉아

은파에 마음 실어보곤 했습니다

낮엔 밤을, 밤엔 낮을 기다렸습니다

윤슬은 마음에 생기를 불러일으키고

은파는 가버린 날들을 되찾으며

거슬러 오르게도 하기 때문인 듯합니다

이제 그만 집으로 돌아가야만 하는데도

윤슬과 은파를 데리고 가려고

벌써 몇 시간째 궁리하는 중입니다

은파, 먼 불빛

파도가 자는 밤바다
달빛 내리는 저 은파 너머
깜빡이는 불빛 하나
먼 데서 차츰 가까이 다가온다
가버린 사람을 맞이하듯이
불빛을 품어 안는다

하릴없는 생각인 줄
알고 있지만 왜 이다지도
가버린 사람을 못 잊는 것일까
포구엔 서늘한 바람
먼 불빛을 바라보고 있는
나는 꿈꾸는 나그네

돌아오는 밤 배를 기다리는
아낙네들과 나는 사연이 사뭇 다르다
아낙네들은 만선을 기다리겠지만

돌아올 수 없는 사람을 기다리는
나는 은파 너머의 불빛에도 속절없이
가슴 죄며 애태우고 있으니

은파, 옛꿈

저 은파는 먼 기억을 데리고 온다
둥근 달이 비추는 포구의 밤은
고즈넉이 잠속에 들었지만
잠을 어깨에 떠메고 먼바다를 바라본다
왠지 모르겠으나 밤바다는
까마득하게 잊고 있던 옛꿈을
은파에 실어 꿈결처럼 떠올리는지

다른 세상으로 떠나버린 아우들과
아버지 여의고 헤매던 그 시절
그 해맑은 꿈들이 보이고
그 꿈들을 좇으면서 걷던 길들도 보인다
하지만 두 아우가 가버린
이제야 못다 이뤘던 그 옛꿈을
다시 가슴 아프게 바라봐야만 한다

왠지 새삼스레 따스해 보인다
호수에 내려온 별들도
돌아오라는 듯 쳐다보는 것 같다
왔던 길로 달빛 따라 걷는다

눈길에서

눈길을 걷다가 뒤돌아보면
발자국들이 나를 따라온다
다시 앞을 바라보면 지향 없는 마음이
지향도 없이 앞서가고 있다

인적 없는 벌판이 가만히 누워
이불을 끌어당기듯 온몸을 덮고 있다
바람이 자고 있지만 날이 차다

한 떼의 기러기가 날아가고
한동안 멈춰선 채 눈을 맞고 있노라면
마음이 멈춰서서 붙박이고
발자국들도 지워져 버린다

한겨울밤의 꿈

한겨울밤의 손톱달이 나를 창가로 불러낸다

그 둘레의 별들도 가세한다

꿈속에서 본 천사가 창을 두드릴 것만 같다

세월

바람같이 가고 물같이 간다
아래로만 가고 안 보이게 간다
아무리 붙잡아도 시간은
돌아오지 못할 데로만 간다

어제는 이웃집 노인이 가고
오늘은 갓난애도 떠나고
먼 곳의 친구는 더 먼 데 갔다
가면 못 돌아올 데로 갔다

오늘뿐인 오늘을 걸어가는
우리는 어디로 가는지 몰라도
보이지 않는 내일로 간다
내일이 어딘지 모르고 간다

바람같이 가고 물같이 간다
세월은 못 돌아오는 데로 가고

그 길에 얹혀가는 우리는
한 치 앞도 모르는 채 간다

왜가리

왜가리 한 마리 냇가에서 소요한다

한참 바라보아도 움직이지 않고
한쪽 다리를 든 채 서 있다

한눈팔다 다시 지켜본다

그 사이에 물고기를 낚아채
통째로 삼키고 있는 중이다

고도의 전략이었던 걸까

한쪽 다리를 든 채 서는 건
먹이 사냥 예비동작이었을 테다

왜가리는 정중동 전술의 달인 같다

기댈 데 없어 마음은

기댈 데 없어 마음은 허공에 뜹니다
기대고 싶은 만큼 간절하게
발붙일 데가 없어 떠돌아다닙니다

기댈 언덕을 찾아 헤매는 건
치유되지 않는 병일는지도 모릅니다

오죽하면 아무 데나 뿌리 내려 사는
이끼들이 부럽기까지 할까요

마음을 다잡으려 안간힘써 보지만
부질없는 일이기만 할는지요
꿈속에나 그런 언덕이 있는 걸까요

당신

나와 먼 듯이 가까운 당신이 없었다면
내가 여기 있을까요

황혼 무렵에 느릿느릿 걸어가는 이 오솔길도,
길가의 나무와 풀들도 만날 수 있었을까요
가는 곳마다 피고 지는 꽃들과
오늘도 서녘 하늘을 붉게 물들이는 노을을
새삼 고마운 마음으로 바라볼 수 있었을까요

돌아보면 당신은 어김없이 늘
그 자리에 그대로 있었습니다
안 보여도 그렇게 느껴집니다

어둠살 내리는 오솔길을 따라 홀로 걸으면서
아득하게 가버린 날들도 불러 모아 봅니다
지나온 길도 갈 길도 한결같이
당신이 열고 지켜주는 걸 모르지 않습니다

이 황혼 무렵에는 확연하게 느끼고 있습니다

당신 우러르다 보면
왠지 구부러진 길도 환히 다가옵니다

IV

유치한 상상

요즘 왜 자꾸만 별을 올려다보게 될까
달도 없는 밤엔 홀로 산발치를 서성이며
왜 반짝이는 먼 별빛을 끌어안고 싶어질까

멀리 가버린 옛날이 그리워,
가서 오지 못하는 사람들이 보고 싶어서,
며칠 전 하늘나라로 떠나간
친구와의 못 잊을 사연 때문이기도 할까

별은 언제나 아득히 먼 곳에서 빛나는데
까마득히 멀어져간 옛날과
다시 만나지 못할 사람들이 그리운 것은
먼 하늘 별 같기 때문일까

캄캄한 한밤중일수록 더욱 영롱하게 빛나는
별빛을 끌어당겨 품어 안고 싶어지는 건
밤하늘같이 마음이 어두워져서 그럴까

희미한 그림자

희미한 그림자에 자주 마음 끌린다

보일 듯 말 듯해서 그런 건지

가까이 다가갈수록 더욱 멀어지고

멀어지면 가까이 다가가고 싶어 그런지

희미한 그림자들이 슬며시 마음 흔든다

날이 가면 갈수록 그리워지는 건

가고 나면 못 돌아오는 날들

떠나간 이들의 희미한 뒷모습이다

어떤 다리

그는 돌아오지 못할 다리를 건넌 걸까
다리를 건너간 뒤 돌아오지 않는다

달빛 내리는 다리 이쪽에서 바라보면
다리를 건너가던 그의 뒷모습이
달빛 받으며 아직도 머물듯 어른거린다

그를 따라갈 수 없었으므로
안타깝게 바라보기만 할 뿐

마음만 몇 차례 좇아가다가 되돌아온다
다리 아래 유유히 흐르는 강물도
돌아오지 못할 길로만 하염없이 간다

그 누구도 이 강의 다리를 건너면
영영 다시 돌아올 수 없을는지 모른다

하늬바람

하늬바람 부는 앞마당 회화나무에
까치들이 날아들어 우짖고 있다

한가위까지 버티던 늦더위도 물러선 듯
상쾌한 아침, 푸른 하늘에는 구름 한 점 없다

하늬바람 불어오고 까치들이 우짖을 때
한 이웃집엔 기적이라도 일어나듯
떠난 사람이 돌아오는 걸 본 적이 있다

유난히 무덥던 지난여름엔 떠나 버린 사람을
못 돌아올 줄 알면서도 기다리곤 했다

까치들이 우짖고 하늬바람 부는
이 아침에는 서녘이 눈길을 끈다

너는 오지 않고

너를 기다리다 기다림 속에 든다

기다리고 기다려도 너는 오지 않고

이윽고 내가 내 안에 갇힌다

안 오는 건지, 못 오는 건지

내 안에 갇힌 채 기다림 속에 든다

안 잊히는 언약이 허공에 떠돈다

별안간

별안간 눈이 내리고 별안간
그 사람이 보고 싶다

별안간 창 너머로 날아드는
조그만 멧새 한 마리

멧새 소리에 화답을 하듯이
옆집에서 흘러나오는
나지막한 무반주 첼로 소리

내리는 눈 때문인지
저 선율들이 부추겨 그런지

그 사람 너무 그립다
별안간 애타도록 보고 싶다

너는 가도 가지 않았다
—혜경*에게

오래된 기억 속의 너는 가도 가지 않았다
가버린 지 오래지만 내 가슴에 살고 있다

눈을 감으면 더욱 선연하게 보이는
너는 그 초롱초롱한 눈으로
따스한 손으로 내 손을 잡는다
네 손을 맞잡은 나를 바라본다
눈뜨면 너는 보이지 않지만
흐렸다 갰다 흐려지는 세상이지만

한결같이 너는 내 가슴에 예 그대로 있다
몽매에도 못 잊는 너는 가도 가지 않았다

*어릴 때 경기驚氣로 죽은 딸

강물

이 언덕에서 강물을 바라보니
가버린 날들이 다시 돌아오는 것 같다
떠난 지 오래된 네 모습이
윤슬같이 흐르는 물결 위에 반짝이고
함께하던 날들이 선연하게
강을 거슬러 물살 헤치면서 다가온다
간절하면 이럴 수도 있는 걸까

얼마나 간절했길래 꿈속에서만
먼 옛날 그 시절 그대로 만나던 너를
강물을 바라보며 만나는지
세월이 물같이 흘러도 내 가슴속에는
그 먼 옛날들도 네 모습도
잊히지 않는 그 시절에 머물러 있는지
강물을 지그시 그러안아 본다

애수哀愁

날이 저물자 귀뚜라미들이 운다
유독 가혹했던 여름이 가고
밤하늘에 별들이 뜬다

그리운 얼굴이 하나둘 떠오른다

앞날개를 비비며 울음소리를 내는
암컷을 향한 수컷들의
구애는 별밤이 제격이듯이
별이 뜨면 더욱 그리운 얼굴들

구애처럼이나 간절해지는 걸까
지난여름에 홀연 떠나버린
사람들이 잊히지 않아
귀뚜라미 울음소리를 따라 걷는다

그 얼굴들이 별처럼 하늘에 뜬다

그 이름들을 불러보면
별들이 화답하듯 반짝이고
무심한 바람은 옷자락을 흔든다

계영배 戒盈杯*

계영배를 들여다보니 술 생각이 난다
술잔이라 술을 따르고 싶다
해 질 무렵이니 더욱 그럴는지도 모른다

하지만 술 생각 못잖게
옛사람들의 지혜도 생각난다
넘치는 건 모자라는 것보다 못하고
가득 차면 덜 차느니보다 못하다는
말들을 계영배가 불러오면서
술 마시고 싶게도 한다

어린 시절, 음식을 많이 먹지 않는 나를
나무라시면서도 어머니는
소식을 우려하지는 않으셨을 것이다

계영배가 세상 사는 이치를 일깨우듯이
술잔에는 언제나 칠부만 따르고

음식도 배부르지 않게만 먹는다

마음도 계영배에 술 담듯 자제해야겠다

*술이 일정한 한도에 차면 구멍으로 새어 나가도록 만든 잔

술이 고맙다

저물녘 홀로 기울이는 술잔에
하늘이 내려와 앉는다
옥빛 저 먼 곳으로 가려고
산마루 넘어가던 구름이 내려왔다

구름을 따라가던 내 마음도 내려왔다
바라보면 항상 오르고 싶게 하는
하늘이 구름 데리고 내려
마음도 붙들어 앉힌다
나는 눌러앉아 술잔을 기울인다

빈 잔에 다시 술을 가득 채운다
하늘이 술잔에 내려온
구름과 내 마음을 이끈다
해 지기 전에 옥빛 저 먼 곳으로
구름 따라 바람을 따라서 오르고 싶다

홀로 왔다가 홀로 떠나야만 하는
이 여로가 그래도 고맙다
구부러진 이 여행길에
반려가 되어주는 술이 고맙다

명정酩酊 길

가까운 사람들이 점점 멀어진다
술을 끊은 지기들이 늘어나고
다른 세상으로 떠난 경우도 더러 있다
맨정신으로만 살려고 하는지
자주 만나던 이들도 만나기 어렵다
아예 등을 돌린 사람도 있고
바깥나들이를 못 하는 이들도 없지 않다
옛친구를 오랜만에 만나서는
따라온 옛날로 되돌아가기도 한다
여태 남은 술친구와 만나면
마지막 날인 양 밤을 탕진하기도 하고
때로는 첫날인 것 같이 설레
디오니소스와 함께 어우러진다

하지만 이 길도 언제 막힐는지
황혼 무렵에 홀로 술잔을 기울이면서는
나도 몰래 서녘에 눈길이 간다

그녀의 눈물

그녀의 눈물방울이 반짝인다
슬픔이 승화되면 저렇게 되는 걸까
눈가에 투명하게 박혀있는 보석 같다

유난히 큰 눈망울은 더 큰 보석 같다
아픔을 넘어서면 저렇게 되는 걸까
마치 가짜눈물처럼 반짝인다

언젠가 초현실주의 사진에서
본 적이 있는 눈물, 엄청나게 비싼
그 '유리 눈물'*이 선연하게 떠오른다

짙은 속눈썹을 살짝 벗어나 맺혀있는
그녀의 눈물은 투명하게 반짝여서
유리 눈물같이도 보이게 할까

*미국 출신 화가이자 사진작가인 만 레이의 작품

어느 날 저녁

주막에서 만난 노신사가 주저하는 듯하더니
홀로 앉아 있는 내게 말을 걸어왔다
괜찮다면 자리를 함께하자고 했다
나도 조금 망설이다 그러자고 했다
술잔을 주고받다가 그가 입을 뗐다
세상과 사람이 싫어서 은거하다가
몇 해 만에 사람들 그리워 돌아와도
싫어하던 사람들조차 만나기 어렵다고 한다
산 좋고 물 좋은 곳에서 살아봤지만
오래가지 않아 싫증이 나더라면서
싫어서 떠난 곳에 돌아왔다고 한다
독신주의로 살아온 게 후회도 되고
사람들과 얽히고설켜 살고 싶단다
합석하자던 그가 얼마나 외로워선지
낯선 사람과 왜 얽히려는지도 알 수 있었다
나는 말을 아끼며 그의 말만 들었다
그는 내가 왜 혼자 주막에 왔으며

어울릴 사람 없어 그러냐고도 했다
그러나 대답 대신 술잔을 채워줬다
이제야 생각해보면 내가 왜 말없이
그의 말만 듣고 있었는지 돌아 보인다
그날은 얽히고설키던 친구가 떠난 날이었다

중독
—배호와 박혜신

나는 클래식 애호가다
타고난 소질이나 재능은 적어도
듣는 체질은 타고났는지도 모른다
자동차에 오르기만 하면
버릇대로 음악을 듣는다
누가 동승을 하면 사정이 달라지나
클래식밖에 듣지 않게 마련이다
오랜 버릇은 여전하다

하지만 예외라기보다 각별한 경우도 있다
이십 대 초반부터는 배호의 노래에,
요즘은 박혜신 노래에 중독됐다고나 할까

중저음의 배호 노래는
방황하던 시절뿐 아니라 지금도
이룰 수 없는 꿈을 데리고 와서는

애태우고 목마르게 한다
게다가 요즘은 설상가상
박혜신의 노래가 가슴을 파고든다
우수와 애수를 황홀하게 깨우듯
마음을 흔들어 놓는다

옛꿈은 멀어져도

꿈을 깨고 나서도 꿈길을 간다
눈 뜨지 않고 그 길을 따라가면
잃어버린 지난날들이 오롯이
그 모습 그대로 머물고 있다

야트막한 언덕 위에는 한가한 양떼구름
양지바른 툇마루에 오도카니 앉아 있는
어린 시절의 내가 나를 바라본다

(그 시절엔 헐벗어도 꿈은 맑고 밝았지)

내가 옛꿈을 잃어버렸느냐는 듯이
왜 그렇게 이지러졌냐는 듯이 바라본다
말을 잃은 내가 우두커니 거기 서 있다

눈을 떠보니 뒤숭숭한 창밖
새들이 끼얹는 노래는 밝다

옛꿈은 멀어지고 말았을지라도
가는 데까지는 가 보아야겠다

등불
—실의失意를 넘어

한 지기의 기별은 가는 길에 켜지는
조그마한 등불 같다
밤길을 걸으며 그 불빛을 따라간다
실의의 날들을 넘어
잃어버렸던 꿈을 찾았다는 그의 말,
마음을 비우고 나니
갈 길이 새롭게 보이더라는 거였다
그가 실의를 떨쳤듯
무거운 마음을 내려놓고 비워 본다
어차피 우리는 피차
이 세상에 빈손으로 오지 않았던가
비워야 채우게 되고
채우면 비워지게 마련인 것을 그는
에둘러 일깨워 줬다
밤길에 작은 등불 하나 밝혀주었다

오면 간다

하루살이는 하루 만에 세상 떠난다

우리도 언젠가는 가야 한다

오면 가지 않을 수 없다

바람이 분다

언제 떠날지는 모르지만

왔던 길이 가야 할 길이다

돌부처도 안 가듯이 돌로 돌아간다

꿈길에서

꿈은 영영 꿈이기만 할까

예수와 석가가 만나는 꿈을 꾸었다
손잡고 그윽한 미소를 나누고 있었다
극락인지 천당인지 아주 낯선 곳이었다

또 어딘지 알 수 없었으나
베드로와 두 야고보, 요한,
미륵불, 아미타불, 비로자나불이 보이고
예수를 따르는 관세음보살,
대세지보살, 문수보살, 지장보살과
석가를 따르는 안드레, 빌립, 바돌로매,
도마, 마태, 시몬이 보이는 듯했다
그런가 하면 다대오, 유다,
보현보살과 고승들도 보이다 말다 했다
천당인지 극락인지 몰라도
나는 가지 못할 곳 같았다

갈 수 없는 곳이라서 꿈길에야 간 것일까
비록 꿈속이었지만 감사하기 그지없다
예수와 석가를 우러러 두 손 모은다

꿈은 영영 꿈이기만 할까

존재 탐구의 소슬한 여정

이 숭 원 (문학평론가)

존재 탐구의 소슬한 여정

이숭원(문학평론가)

1. 창조의 방향과 시의 본령

이태수 시인은 시집 첫머리 〈시인의 말〉에 등단 소감한 구절을 소개했다. 시의 출발점에서 했던 발언을 소개함으로써 초심을 재확인하고 현재의 위상을 새롭게 정립하기 위함일 것이다. 처음 출발했던 원점을 돌이켜보고 현재의 위치를 점검해야 앞으로 나아갈 길이 더 선명히 떠오르는 법이다. 그는 "말이 잠 깨는 절을 찾아 빈 마음으로 걸어가리라"고 했던 등단 소감 한 구절을 떠올렸다.

이 구절에는 매우 중요한 뜻이 담겨 있다. '말'은 시의 근간인 언어를 가리킨다. 시는 누가 무어라 해도 언어에서 출발한다. 그러니까 시를 쓰려는 사람은 우선 말에 충실해야 한다. '절'은 기도와 수행의 공간이다. '말이 잠 깨는 절'이라고 했으니, 언어가 새롭게 살아 움직이는 각성의 장소가 절이다.

언어가 새롭게 깨어나는 수행 공간에 들어가려면 '빈 마음'이 필요하다. 세상의 이해관계를 떠나, 탐욕에서 벗어난 '텅 빈 마음'이 갖추어져야 비로소 언어를 매개로 무언가를 탐구하는 활동을 할 수 있다. 20대의 나이에 등단하면서 그는 아주 원숙하고 깊은 등단 소감을 남겼다.

시집의 첫머리에 배치한 시는 〈시인의 말〉과 관련하여 그의 '빈 마음'이 무엇인가를 암시하는 작품이어서 정독할 필요가 있다. 이 시는 언어가 살아 움직이는 수행처를 알려주는 하나의 서곡과 같다.

비 온 뒤 하늘같이
풀잎을 스치는 바람같이

창공을 나는 새같이
더러는 고목의 새순같이

잠시 머무는 느낌

다시 스미는 느낌

더러는 저물녘 노을같이
유리벽 밖 불빛같이

밤 못물 위의 달빛같이
동틀 무렵 동녘같이

　　　　　　　　—「느낌」 전문

　제목인 '느낌'은 무엇을 의미하는 것일까? 느낌이란
다른 누구의 것이 아니라 대상을 바라보고 감지하는 주
체의 반응을 말한다. 말하자면 시 쓰는 주체가 대상에
대해 어떠한 느낌을 얻는가를 표현한 것이다. 그런데
그 느낌은 뚜렷하지 않고 몽롱하고 모호하다. 시인은
"잠시 머무는 느낌", "다시 스미는 느낌"이라고 했다. 이
두 어구는 조금 다른 어감을 드러낸다. 둘 다 정적인 느
낌을 나타내기는 하는데 '머무는'보다 '스미는'에 동적인
느낌이 더 들어 있다. 느낌을 비유한 '~같이'라는 말은
동일한 어형으로 느낌의 미묘한 차이를 전하는 어려운
역할을 맡았다.
　첫 연 "비 온 뒤 하늘같이/풀잎을 스치는 바람같이"를

보면 앞의 상황은 정적이고 뒤의 상황은 미세하기는 하지만 움직임을 나타내고 있어서 동적인 느낌을 준다. 두 번째 연도 "창공을 나는 새같이"는 동적인 상황을 나타내고 "더러는 고목의 새순같이"는 정적인 상황을 나타내고 있어서 첫 연과 유사한 이중 구조를 보인다. 이에 비해 뒤의 연들은 일관되게 정적인 상황을 나타낸다.

요컨대 이 시에서 느낌을 환기하는 비유적 이미지는 동動·정靜의 교차에서 정靜이 강화되는 방향으로 이동한 것을 알 수 있다. 이러한 이미지의 추이를 시인은 "잠시 머무는 느낌//다시 스미는 느낌"이라고 언명했다. 머묾과 스밈의 교차는 정과 동의 교차다. 이러한 이미지의 교차를 통해 시인은 자연에 대한 느낌의 변화와 거기서 오는 깨달음의 성숙 과정을 암시했다.

느낌을 비유한 이미지의 구성물은 모두 자연의 청정한 정경들이다. 앞의 이미지가 좀 더 청신한 느낌을 주고 뒤의 이미지는 은은하고 가라앉은 느낌을 준다. 그런데 이 이미지들은 한 마디로 잘라 말하기 어려운 모호함을 지닌다. 주체가 대상에 대해 갖는 반응은 원래 이렇게 모호한 법이다. 그것이 일상적 인식의 실상이다.

모호함을 걷어내기 위해서는 언어가 잠에서 깨어나야 한다. 세상의 잡티를 벗어낸 빈 마음으로 수행 공간에 들어가 순수의 언어를 일구어내면 사물의 참모습이 드러날지 모른다. 거기에 이르기 위해서는 탐구가 필요하다. 그 탐구의 과정을 표현한 시는 어려울 필요가 없다. 세상의 잡티를 걷어낸 언어를 구사한다면 그 시는 간결하고 담백하며 정결하고 고상해야 한다. 그러한 시의 이상이자 본령을 다음과 같이 제시했다.

그의 시는 담박하고 간결하다
군더더기가 없고 정결하다
말하지 않는 말이
말하는 말보다 높고 깊은 말을 한다
그 말에 다가가려
한참 귀를 기울이다 보면
그 비의들이 나를 들어 올린다

그 말하지 않는 듯 하는 말이
나를 들어 올리게 되는 건
시의 본령 탓일까
그는 산문의 시대에 살고 있으면서도
시를 살고 있는지
그의 시에 다가가다 보면

빙산의 일각을 떠올리게 된다

—「그의 시」 전문

이 시는 자신이 이상적으로 생각하는 시의 본령을 타인의 시를 거론하는 방식으로 서술했다. 앞의 시가 이미지로 표현해서 모호함의 미학을 구사한 데 비해 이 시는 이미지를 배제하고 관념적 진술을 사용해서 시인의 생각을 뚜렷이 제시했다. 앞의 부분은 설명이 필요 없지만 "말하지 않는 말이/말하는 말보다 높고 깊은 말을 한다"는 보충 설명이 필요하다. "그 말에 다가가려/한참 귀를 기울이다 보면/그 비의들이 나를 들어올린다"도 설명이 필요하다.

왜 말하지 않는 말이 말하는 말보다 더 높고 깊으며, 말에 담긴 비의秘義가 무엇이기에 그것이 나를 들어올린단 말인가. 시인은 말하지 않는 듯 하는 말이 시의 본령이라고 생각한다. 말하지 않는 말이 시의 본령이기에 나를 더 높고 깊은 지점으로 들어올린다고 했다. 어찌하여 말하지 않는 말이 의미를 바로 드러내는 말보다 더 우위에 놓이며 더 시의 본령에 가까운가? 이 점을 해명해야 이 구절의 말발이 설 것이다.

말 중에 가장 고귀한 말은 침묵의 언어다. 말을 하더

라도 간결하게 몇 마디 어구로 의사를 드러낼 때 그 말은 황금의 언어가 된다. 비유해서 말하면, 군더더기 없고 정결한 말은 수행의 사원寺院에서 가장 늦게 깨어나는 말이다. 말이 깨어나기 위해서는 빈 마음이 필요하다. 마음이 비어야 순결의 언어가 탄생한다.

들어서 금방 알 수 있는 말은 시정의 잡담이다. 진정한 말은 한참 귀 기울이고 그 안에 들어가야 참된 뜻을 알 수 있다. 은밀히 감추어진 비밀스러운 뜻을 알려면 언어의 사원을 지키는 정녀貞女처럼 정결한 몸으로 다가가야 한다. 그러면 거대한 빙산의 일각이 그 신비스러운 모습을 우리에게 잠깐 비칠 것이다. 그 순간 순수의 언어가 탄생하고 시가 창조된다. 시의 본령에 관심을 두고 언어의 비의를 탐구하는 사람은 마땅히 이런 수행을 해야 할 것이다.

이러한 문학관과 인생관을 갖고 있다면 시인은 보이지 않는 것을 탐구하는 편력의 길을 떠나야 한다. 그 수행의 보상은 금방 주어지지 않는다. 오랜 노력과 불굴의 인내가 편력에 수반되는 필수 덕목이다. 존재의 비의를 탐구하고자 하는 사람, 자기 탐구의 진수에 도달하고자 하는 사람은 모름지기 이 편력의 길에 몸을 맡겨야 한다. 이태수 시인은 이미 이 길에 올랐고 탐구의

성과를 몇 권의 시집으로 엮어낸 바 있다. 그는 다시 자기 탐구의 여로에 발을 디뎠다.

이태수의 시에는 2018년에 펴낸 시집 『거울이 나를 본다』부터 이번 시집까지 일관되게 나타나는 구조적 특징이 있다. 시행의 구문 배치를 음악의 형식에서 가져오거나 대칭 구조 같은 회화적(시각적) 효과를 끌어오는 구성법이다. 그의 시는 행과 연의 연결이 시각적 대칭 구조를 이루도록 구성되어 있으며, 다른 한편으로는 실내악이나 교향악처럼 처음과 끝이 같은 'A-B-A' 형식이 도입되거나 'A-B-A+C', 'A-A-B' 형식으로 변형된 경우도 있다. 이 같은 행과 연의 연결이 빚어내는 형태미는 형식을 통해 내용의 맛과 분위기를 돋우려는 의식의 결실이며, 한결 단정하고 정결한 문체에 시상을 담으려는 예술 정신의 지향으로 보인다.

2. 자기 탐구의 길

그는 시 「무지無知」에서 자신의 존재에 대한 회의를 짧게 드러냈다. "나, 지금 어디에 있지?", "나, 어디로 가고 있지?", "나, 어디에 갔다 왔지?"의 세 마디가 그것이다. 방안에 드러누워 있는데도 자신의 실존이 어디 있는지 자문하는 것이다. 「무지의 무지」에서는 내가 나를 진정으로 알고 있는지 회의하며 "내가 모르는 나"를 확인하려 고민한다. 「무지의 지知」에서는 내가 지금까지 살아왔는데 "어디서 왔다가 어디로 가고 있는지" 모르겠다고 토로하면서 실존의 고민을 고백하고 있다.

프랑스 화가 폴 고갱(1848~1903)은 원시적 생명력을 그림에 담겠다는 생각에 남태평양의 타히티로 갔다. 열대 원시림에서 탈문명의 생활을 하면서 열정적으로 그림을 그렸지만, 날이 갈수록 가난과 고독이 그의 영혼을 시들게 했다. 매독과 우울증으로 자살 기도까지 했던 그가 다시 타히티로 돌아가 마지막으로 사력을 다해 그린 최후의 작품이 「우리는 어디에서 왔으며, 우리는 누구이며, 우리는 어디로 가는가?」이다.

도시 문명의 인위성을 거부하고 원시의 생명력을 추구한 이 열정의 화가도 삶의 마지막 단계에서는 실존적 질문을 던졌다. 우리는 왜 세상에 태어났고 왜 이 세상을 살며 나중에 어디로 가는 것일까? 과거, 현재, 미래로 이어지는 시간의 도정 속에 나라는 존재가 무엇인가를 질문한 것이다. 우리는 일상의 삶을 살고 있지만 사실은 아무 자각 없이 그럭저럭 산다. 그러나 어느 순간 실존의 위기에 부딪히면 본질적인 질문을 던지게 된다.

나는 누구이며 어디서 와서 어디로 가는가?

누군가 내 등을 떠민다
누구인지는 모르지만 등을 떠민다
아침부터 갈 데가 없는데도 길을 나선다
떠밀려 가다 보면 길이 끌어당긴다
길이 끌어당기는 데로 내가 끌리어 간다

한참 그렇게 가다가 보면 스스로 간다
길이 나를 끌어당기지 않아도
등을 떠미는 사람이 없는데도
내가 가는 곳이 어딘지 모르면서 간다

그제도, 어제도 그랬지만 다시 돌아선다
가고 또 가 보아도 거기가 거기라서
갔던 길로 되돌아올 수밖에 없어서이다
하지만 내일도, 모래도 같은 길을
가지 않을 수 있을는지
　　　　　　　　—「날마다 가는 길」 전문

우리는 누군가에게 떠밀린 듯 매일 길을 걷고 있다.

마치 자력을 지닌 길이 나를 끌어당기는 듯이 관성에 의해 그냥 길을 걷고 있다. 그렇다면 우리는 길을 걷도록 만들어진 자동 로봇인가? 우리는 "길이 끌어당기는 데로 내가 끌리어" 가며, "내가 가는 곳이 어딘지 모르면서" 간다. 우리가 지각하지 못하는 생의 관성을 시인이 표나게 끄집어내 주었다.

우리는 관성의 노예로 살아간다. 간다고 해서 멈추지 않고 끝까지 가는 것도 아니다. 가다가 다시 돌아선다. 이것도 늘 되풀이되는 일이다. 어디를 가든 거기가 거기라서 우리는 되돌아온다. 갔던 길로 되돌아오는 것이 우리의 습관이자 운명이다. 이렇게 보면 우리의 삶은 무의미하며 우리의 보행은 헛수고일 수밖에 없다.

그래서 시인은 「도로徒勞」라는 시를 썼다. 다람쥐처럼 쳇바퀴를 도는 것이 우리 인생이며 그러한 순환의 인간사 자체가 헛수고라는 것이다. "멀리 가도 거기이고 돌아와도 거기"인데, 우리는 오늘도 가고 있다. 이것이 생의 모순이다. 이 모순의 인간사를 어떻게 해결할 수 있을까? 이러한 순환의 인간사 속에서는 너와 나의 구분도 허물어진다. 내가 너인지 네가 나인지도 모르는 상태에서 무의미한 생이 반복된다. 이러한 상황에서 어떻게 존재 탐구, 자아 탐구가 가능할까? 시인은 그 가능성을 다음 시로 대답했다.

처음이자 마지막인 지금 눈이 내립니다

이 처음도 마지막도 지나가면서
돌아오지 못하고 눈에 덮입니다

여기는 처음이자 마지막 순간 속입니다

마지막은 처음이 맞물고 처음은
마지막과 맞물려 있을 테니까요

나는 지금, 여기서 눈을 맞고 있습니다

처음이자 마지막인 이 순간들은
끝없이 가고 오고 떠나가는데도

나는 여기서, 지금 이 순간을 붙듭니다
　　　　　　　　　—「지금, 여기」 전문

순환의 인간사가 허망한 듯한 느낌을 줄 때 그것을

극복하는 방법은 현재 이 순간에 충실한 것이다. 지금의 순간을 처음이자 마지막으로 생각하는 것이다. 시인은 지금을 처음이자 마지막인 상태라고 지명했다. 눈이 내리는 것을 볼 때 눈 오는 것이 중요한 것이 아니라 처음이자 마지막이라는 인식이 중요하다.

매 순간을 처음이자 마지막이라고 생각한다면 찰나의 한순간도 허술히 여기지 않고 충실하게 된다. 처음이자 마지막인 이 순간은 한번 지나가면 다시 오지 않는다. 그 한순간에 천지에 눈이 내려 덮인다. 내가 살고 있는 이곳은 처음이자 마지막 순간 안에 열려 있는 어느 한 지점에 속한다.

끝은 새로운 시작을 알리는 출발점이다. 끝이 없으면 시작도 있을 수 없다. 모든 처음은 마지막을 예고하고 마지막은 처음을 예고한다. 그러므로 처음과 마지막은 맞물려 있다. 나는 지금 여기서 눈을 맞고 있는데, 이 실존이 중요하다. 지금의 이 순간이 처음이자 마지막이기에 다음 순간 우리는 또 다른 처음과 마지막을 맞이할 수 있는 것이다. 그러므로 중요한 것은 지금 이 순간이다. 이 순간의 실존이 영원한 것이다. "끝없이 가고 오고 떠나가는" 시간의 진행 속에서 시인은, 그리고 우리는 지금 이 순간 눈을 맞고 있고 지금 여기서 이 순간을 붙들고 있다.

이러한 존재론적 사유가 우연히 나온 것이 아니라 내가 어디서 왔으며, 나는 누구이며, 나는 어디로 가느냐는 존재론적 질문의 연속 속에 탄생했다. 존재론적 탐구의 끝판은 어디서 오고 어디로 가는 문제의 해결이 아니다. 지금 이 순간 마지막이 곧 처음이라는 시간 인식의 정립이 중요하다. 그것을 통해 현재론적 관점의 존재 탐구가 이루어진다. 이것은 오고 가고, 만나고 헤어지는 순환의 인간사를 극복하게 한다. 현재의 영원성을 인식하면 순환의 덧없음에서 벗어날 수 있다. 영원회귀의 철학이 시작되는 것이다. 그것은 순수의 탐구로 이어진다.

3. 순수의 표상과 동경

순수를 탐구하는 데 자연은 좋은 재료가 된다. 자연은 청징淸澄하기 때문이다. 일찍이 박목월 시인은 "청노루 맑은 눈에 도는 구름"을 노래했다. 현실에 청노루가 존재하지 않을뿐더러 노루의 눈에 도는 구름도 사실은 볼 수가 없다. 현실에서 포착이 불가능한 이 정경이 바로 순수의 표상이다. 순수는 현실에서 멀수록 그 대상이 빛을 발한다. 이태수 시인도 목월처럼 자연을 통해 순수를 포착했다.

이른 봄 야산에서 만난 야생화
청노루귀

꽃잎이 청초해 되레 슬프다
먼 옛날의
소녀가 생각나서 이런 걸까

돌아서도
눈앞에 먼저 와 있는 청노루귀
　　　　　　　　　—「청노루귀」 전문

시인은 야산의 야생화 청노루귀에서 순수를 포착했다. 노루귀는 이른 봄에 흰색 또는 연한 붉은색 꽃이 잎이 나오기 전에 한 송이씩 핀다. 일반적으로 노루귀라고 하고 청보라색 꽃을 피우는 노루귀를 청노루귀라고 부른다. 귀한 청노루귀꽃을 보았으니 얼마나 기뻤겠는가. 먼 옛날의 소녀가 떠오를 정도로 청초한 꽃잎이 슬픔을 일으킨다. 돌아서도 그 모양이 계속 눈에 떠오른

다고 했다. 그만큼 그 작은 꽃을 순수의 표상으로 받아
들인 것이다.

　그는 계속해서 진흙탕에서 피어나는 연꽃에서 정결
한 마음을 보고(「연꽃」), 아침 연못에 핀 수련睡蓮을 보면
서 잠에서 깨어나지 않고 꿈속에 머물며 너를 보리라
(「수련 별곡」)고 다짐한다. 현실의 진흙탕 속에서 너를 대
하는 것이 부끄럽기 때문이다.

　"목을 길게 늘이고 고개 숙인"(「나리꽃」) 나리꽃에서 반
가운 아린 마음을 만나고, 숲속 그늘에서 노루발풀을
보고 "솔숲 그늘에 방울 달고 등불을 켠 단심"(「노루발풀」)
에 감탄한다. 풀꽃들이 주는 기쁨은 존재론적 인식의
차원과는 다른 감각의 기쁨이고 순수 표상과의 만남에
서 오는 환희다.

　「맥문동꽃」에서 맥문동 보랏빛 꽃을 보고는 배롱나
무 그늘에서 자라지만 그늘에서 기죽지 않고 꼿꼿이 꽃
피우면서 하늘을 지향하는 "끈질긴 생명력"에 감탄한
다. 「불두화, 길」에서는 "아무 향기도 없이, 꽃술도 없
이/한 번도 벌과 나비를 불러들이지 않고/무덤덤 왔다
가 떠나"는 불두화의 모습을 부질없는 상념을 가라앉히
는 각성의 표상으로 받아들인다.

　창밖의 산딸나무가 묵묵히 서 있는 모습을 보면 수도

하는 자세가 떠올라 마음을 더 낮추게 되고 "무릎을 꿇고 두 손 모으게 한다"(「창밖의 산딸나무」). 순수의 표상은 이렇게 여러 가지 각도로 다가온다. 순수의 표상이 어머니의 영상과 겹치는 것은 당연한 일이다.

돌확에 꽃 몇 송이 예쁘게 피어있네요
고인 물에서 잘 피는 꽃들을 가꾸는
따스한 손길이 애틋하게 느껴지는군요

옛날 어머니 손길이 그리워
그 기억들 위에 꽃을 기르는지
고소한 참깨를 으깨고 매운 고추를 빻던
어머니를 안 잊으려 하는 건지
그 마음자리 참 아름답군요

길을 가다가 낯선 집의 담장 아래 놓인
돌확의 물에 핀 꽃을 들여다봅니다
먼 옛날 어머니 생각이 간절해집니다
　　　　　　　　　　—「돌확 꽃」전문

돌확은 돌로 만든 조그만 절구를 말한다. 돌확에 물

이 고여 몇 송이 꽃이 피어났다. 어떤 꽃인지는 말하지 않았다. 돌확에 고인 물에 핀 꽃이지만 제법 예쁘게 피었다. 누군가가 "고인 물에서 잘 피는 꽃들을" 골라 가꾸었으니 그 마음이 참으로 따스하다고 생각했다. 시인은 돌확을 보고 어머니가 돌확에서 일하시던 모습을 떠올렸다.

어머니는 돌확에서 "고소한 참깨를 으깨고 매운 고추를" 빻으셨다. 꽃을 기른 누군가도 "옛날 어머니 손길이 그리워/그 기억들 위에 꽃을" 기른 것 같다고 상상했다. 어머니를 잊지 않기 위해 돌확에 꽃을 키우는 누군가의 마음을 귀하게 받아들였다.

실제로 돌확에 꽃을 키운 그분도 아름답고 그것을 아름답게 생각하는 시인의 마음도 순정하다. 이 두 층위의 순수한 마음은 어머니에 대한 추억에 수렴된다. 이 모든 생각은 순수에 대한 동경으로 집약된다.

자연에 대한 순수함의 명상은 노자의 섭생攝生이라는 삶의 태도에 연결된다.

앞뜰 소나무가 솔방울을 잔뜩 달고 있다

지난날은 이러지 않았던 것 같은데

아마도 요즘은 살기 어려운가 보다

대추가 많이 열리게 하려면
대추나무를 견딜 만큼 괴롭혀야 하고

위기가 닥쳐올 때 소나무는 솔방울을
가지가 휘게 단다고 하던가

염소들이 대추나무에 매인 채 계속
고삐 당기면서 나무를 흔들어 댄다
누가 대추가 많이 열리도록 저랬을 거다

우리는 언제부턴가 위기에 맞닿은 채
시달리며 살아가는 게 아닐는지
그래서 더 강인해지지 않았는지
억누르면 더 아름다워진다고 한
노자의 섭생이란 말이 문득 떠오른다
　　　　　　　　　　—「섭생攝生」전문

　소나무가 솔방울을 많이 매달면 몸이 괴롭다는 뜻이
라고 한다. 몸이 괴로우면 자기 씨앗을 퍼뜨리기 위해
솔방울을 많이 매단다는 것이다. "위기가 닥쳐올 때 소

나무는 솔방울을/가지가 휘게 단다고 하던가"라는 생각
이 그것이다. 자기 몸을 괴롭혀서 스스로를 지키는 자
연의 생리를 여기서 배울 수 있다. 대추나무를 괴롭히
면 대추 열매가 많이 열린다고 하는 것도 같은 논리다.
그래서 대추 열매를 많이 얻으려고 시달림을 주기 위해
대추나무에 염소를 매달아 놓기도 한다.

　우리가 위기를 겪을 때 이런 시달림을 통해 많은 열
매를 얻게 된다고 생각하면 고통을 견디기가 좀 쉬울
것이다. 마음을 어떻게 갖느냐에 따라 시련을 대하는
자세가 달라진다.

　노자의 『도덕경』에 '섭생'이란 말이 나온다. 섭생에
대해서는 여러 가지 해석이 있는데 섭생 앞에 "이기생
생지후以其生生之厚(삶에 대한 애착이 크다)"란 말이 있는 것
으로 볼 때 섭생은 그와 상대되는 개념일 것이다. 즉 삶
에 애착하지 않는 태도를 뜻하는 것으로 보인다.

　그래서 어떤 사람은 "삶을 섭섭하게 대한다"라고 해
석하기도 했다. 이태수 시인은 "삶을 억누른다"는 뜻으
로 보고, 소나무를 괴롭히면 솔방울이 많이 열리고 대
추나무를 괴롭히면 대추 열매가 많이 열리는 것을 그와
관련지어 해석했다. 그래서 시인은 섭생에 대해 "억누
르면 더 아름다워진다"라고 아름답게 해석했다.

노자는 섭생을 하면 여러 가지 액운을 피하게 되고 죽음의 자리가 없어진다고 했다. 그렇다면 섭생은 아주 중요한 삶의 원리가 된다. 우리는 여기서 어떻게 살 것인가라는 삶의 방식을 생각하게 된다.

4. 섭생과 순리의 시학

시인은 섭생이란 개념에 관심을 보인 것처럼 순리에 따르는 삶을 추구한다. 노자는 물의 순리를 자연스러운 삶의 이상적인 표상으로 제시했다. "상선약수上善若水(가장 선한 것은 물과 같다)"가 대표적인 문구다. 이어지는 내용은 "물은 만물을 이롭게 하면서도 다투지 않고, 모두가 꺼리는 낮은 곳에 머문다. 그러므로 도에 가깝다"이다. 이와 유사한 생각을 시인은 다음과 같이 표현했다.

물은 소리를 낮추며 흐른다

흘러가면서 한없이 낮추고 낮춘다

아래로만 내려가며 깊고 높아진다

높고 깊어져 소리를 거둔다

—「물, 소리」 전문

이 시의 전반부 발상은 노자의 생각과 통한다. 노자는 "모두가 꺼리는 낮은 곳에 머문다"라는 말에 이어서 물의 덕성을 실현하면, 좋은 곳에 머물게 되고, 마음이 깊어지고, 남과 어울릴 때 어질고, 말에 신의가 있고, 올바르게 남을 다스리고, 일을 능숙하게 하고, 행동이 시의時宜에 맞고, 남과 다투지 않아 허물이 없게 된다고 덧붙였다.

앞의 두 시행 "물은 소리를 낮추며 흐른다/흘러가면서 한없이 낮추고 낮춘다"는 노자가 말한 물의 겸허의 덕성을 달리 표현한 것이다. "내려가며 깊고 높아진다"는 말은 노자가 부연한 말을 달리 표현한 것이다. "높고 깊어져 소리를 거둔다"는 구절은 노자의 『도덕경』에는 없는 시인의 잠언이다.

물은 스스로 소리를 낮추어 아래로 내려가고 내려갈수록 깊고 높아지며 중국에는 모든 소리를 거두고 침묵의 상태에 도달한다는 것이다. 침묵이야말로 모든 덕성의 귀결이다. 앞에서 침묵의 언어에 대해 언급한 바 있지만, 우리는 너무 많은 소리를 내고 있다. 소음과 고성의 공해 속에 우리가 살고 있다. 우리에게 필요한 것은 침묵이다. 침묵을 통한 자성과 관조가 필요하다.

자성과 관조의 수련을 하면 대상의 아름다움이 저절로 심경에 스며든다. 그 대표적인 정경이 윤슬과 은파다. 시인은 강과 바다가 만나는 한적한 마을에 머물며 정경을 관조하고 묵상에 잠긴다. 물의 마을에 머물며 물의 덕성을 본받고자 할 때 깊어진 마음의 눈길에 들어오는 것이 빛에 반사되어 반짝이는 물결과 달빛이 비친 은백색의 물결이다.

시인은 이 정경에 도취되어 "이제 그만 집으로 돌아가야만 하는데도/윤슬과 은파를 데리고 가려고/벌써 몇 시간째 궁리하는 중입니다"(「윤슬과 은파」)라고 했다. 그는 물결에 반짝이는 아름다움을 마음 깊이 받아들이며 그 덕성을 자신의 내부에 육화하려고 관조하는 것이다. 이러한 명상은 사실 과거의 아픔을 달래기 위함이기도 하다.

저 은파는 먼 기억을 데리고 온다
둥근 달이 비추는 포구의 밤은
고즈넉이 잠속에 들었지만

잠을 어깨에 떠메고 먼바다를 바라본다

왠지 모르겠으나 밤바다는

까마득하게 잊고 있던 옛꿈을

은파에 실어 꿈결처럼 떠올리는지

다른 세상으로 떠나버린 아우들과

아버지 여의고 헤매던 그 시절

그 해맑은 꿈들이 보이고

그 꿈들을 좇으면서 걷던 길들도 보인다

하지만 두 아우가 가버린

이제야 못다 이뤘던 그 옛꿈을

다시 가슴 아프게 바라봐야만 한다

—「은파, 옛꿈」 전문

　시인은 이제 은파를 통해 과거의 기억을 떠올린다. 마음의 순결함을 유지하고 있기에 과거의 아픈 일도 정화할 준비가 되어 있다. 둥근 달이 비추는 어느 포구에서 밤바다를 바라보니 은파에 실려 까마득히 잊고 있었던 옛꿈이 밀려온다. 그 기억과 함께 "다른 세상으로 떠나버린 아우들과/아버지 여의고 헤매던 그 시절"이 떠오른다.

아픈 시절이었지만 그때에는 해맑은 꿈이 있었다. "그 꿈들을 좇으면서 걷던 길들도 보인다"고 했다. 세월의 흐름 속에 그 꿈도 까마득히 잊어버렸다. 어느 포구의 밤바다 은파의 출렁임에 그 꿈이 갑자기 떠오른 것이다. 시인은 이루지 못한 그 꿈을 "다시 가슴 아프게" 바라본다고 했다. 바라보는 것은 관조이고 돌이켜보는 것은 자성이다.

시인은 물의 나라에서 은파를 통해 자성과 관조의 시간을 보냈다. 과거의 옛꿈을 떠올리는 일은 가슴 아픈 일이기도 하지만 그것을 통해 마음은 더 깊어지고 높아진다. 슬픔과 고통을 통해 마음이 승화될 수 있음을 일찍이 간파한 사람은 그리스의 철학자 아리스토텔레스였다. 그는 그 당시의 용어로 이를 카타르시스라고 했다. 가슴 아픈 회상을 통해 시인의 마음은 더 깊어지고 높아졌다. 자성과 관조의 시간은 다음과 같이 이어진다.

이 언덕에서 강물을 바라보니
가버린 날들이 다시 돌아오는 것 같다
떠난 지 오래된 네 모습이
윤슬같이 흐르는 물결 위에 반짝이고
함께하던 날들이 선연하게

강을 거슬러 물살 헤치면서 다가온다
간절하면 이럴 수도 있는 걸까

얼마나 간절했길래 꿈속에서만
먼 옛날 그 시절 그대로 만나던 너를
강물을 바라보며 만나는지
세월이 물같이 흘러도 내 가슴속에는
그 먼 옛날들도 네 모습도
잊히지 않는 그 시절에 머물러 있는지
강물을 지그시 그러안아 본다
　　　　　　　　　　　—「강물」 전문

　이 시도 회상의 정조를 표현했다. 강물을 통해 가버
린 날들이 다시 돌아오는 것을 감지한다. 오래전에 떠난
네 모습도 윤슬에 떠오르고 그와 함께하던 날들도 선연
하게 다가온다. 당장은 가슴 아프지만 과거의 일을 새롭
게 떠올리는 것도 물의 은빛이 준 고귀한 선물이다.
　화자는 과거를 잊은 것이 아니었다. 세월이 물 같이
흘러도 그의 가슴속에는 먼 옛날 그의 모습이 그대로
머물러 있었다. 이것을 화자의 시야에 끌어내어 준 동
력이 윤슬이었다. 화자는 "강물을 지그시 그러안아 본

다"고 했다. 이것은 아픈 과거와 나누는 화해요, 과거의
아픔도 순리로 받아들이는 섭생의 정신이다.

「달빛 따라 걷다 」에서 시인은 달빛 따라 마을과 멀리
떨어진 곳으로 걸으며 명상하다가 길을 멈추고 자신이
어디로 흘러가는지 반추한다. 발길을 돌려 다시 마을로
돌아오며 "마을의 저녁 불빛들이/왠지 새삼스레 따스해
보인다"라고 말한다. 달빛의 안내를 받으며 왔던 길을
돌아오는데 호수의 별들도 돌아오라는 듯 자신을 쳐다
보는 것 같다고 생각한다.

이것 역시 자연 순리와의 화합을 통해 아픔을 다스리
는 방식이다. 섭생이란 삶에 대한 애착을 버리고 마음
을 비우는 것인데 그러한 삶을 살면 순리와 저절로 화
합하고 아픔에서 벗어나게 된다. 그것을 통해 더 아름
다운 삶이 열린다. 시인이 추구하는 것은 바로 이런 섭
생과 순리의 길이다.

시인은 세상의 잡티를 벗어낸 빈 마음으로 간결하고
담백하며 정결하고 고상한 시경詩境에 도달하기를 소망
한다. 그것이 시의 이상이자 본령이라고 생각한다. 그
이상에 도달하기 위한 편력의 과정에서 자아 탐구와 순
수 추구와 삶의 방향 탐색을 하면서 섭생과 순리의 표
상을 발견했다.

섭생은 자연에 대한 순수함의 명상을 통해 터득한 노자의 길이다. 삶에 대한 애착을 버리고 무심하게 대하면 자연의 순리에 화합하게 된다는 사유다. 참으로 아름다운 행로다. 이 길에 이르기 위해 시인은 침묵의 언어를 구사했고 윤슬과 은파로 상징되는 은은한 아름다움의 세계를 추구했다.

이러한 심미적 경지의 추구는 세상살이의 어려움을 다스리는 좋은 방책이 된다. 그런 의미에서 그것은 윤리적 효용성을 지닌다. 이태수 시인의 이 무심한 침묵의 언어는 번잡한 현실의 삶에서 우리를 이끌어 올리는 정화의 힘을 행사한다.

나는 이태수 시인의 이러한 서정의 윤리가 많은 사람들에게 위안을 줄 수 있을 것이라 기대한다. 무심한 듯 빛나는 침묵의 언어가 넓은 지평으로 확대되어 심미적 파장을 일으킬 것이다. 이에 호응하여 그의 시적 기상이 더욱 청징하고 심원하게 펼쳐지기를 소망한다. 독자들과 함께 그의 아름다운 미래가 윤슬처럼 은파처럼 빛나기를 바라며 탐사의 행보를 여기서 멈춘다.

이 태 수 시인

1947년 경북 의성에서 출생, 1974년 《현대문학》을 통해 등단했다. 시집 『그림자의 그늘』(1979, 심상사), 『우울한 비상의 꿈』(1982, 문학과지성사), 『물속의 푸른 방』(1986, 문학과지성사), 『안 보이는 너의 손바닥 위에』(1990, 문학과지성사), 『꿈속의 사닥다리』(1993, 문학과지성사), 『그의 집은 둥글다』(1995, 문학과지성사), 『안동 시편』(1997, 문학과지성사), 『내 마음의 풍란』(1999, 문학과지성사), 『이슬방울 또는 얼음꽃』(2004, 문학과지성사), 『회화나무 그늘』(2008, 문학과지성사), 『침묵의 푸른 이랑』(2012, 민음사), 『침묵의 결』(2014, 문학과지성사), 『따뜻한 적막』(2016, 문학세계사), 『거울이 나를 본다』(2018, 문학세계사), 『내가 나에게』(2019, 문학세계사), 『유리창 이쪽』(2020, 문학세계사), 『꿈꾸는 나라로』(2021, 문학세계사), 『담박하게 정갈하게』(2022, 문학세계사), 『나를 찾아가다』(2022, 문학세계사), 『유리벽 안팎』(2023, 문학세계사), 『먼 여로』(2024, 문학세계사), 시선집 『먼 불빛』
(2018, 문학세계사), 『잠깐 꾸는 꿈같이』(2024, 그루), 육필시
집 『유등 연지』(2012, 지식을 만드는 지식), 시론집 『대구 현
대시의 지형도』(2016, 만인사), 『여성시의 표정』(2016, 그루),
『성찰과 동경』(2017, 그루), 『응시와 관조』(2019, 그루), 『현
실과 초월』(2021, 그루), 『예지와 관용』(2024, 그루), 미술산
문집 『분지의 아틀리에』(1994, 나눔사), 저서 『가톨릭문화
예술』(2011, 천주교대구대교구), 『대구문학사』(공저, 2020, 대
구문인협회) 등을 냈다. 대구시문화상(1986), 동서문학상
(1996), 한국가톨릭문학상(2000), 천상병시문학상(2005),
대구예술대상(2008), 상화시인상(2020), 한국시인협회상
(2021) 등을 수상했으며, 매일신문 논설주간, 한국신문
방송편집인협회 부회장, 대구한의대 겸임교수 등을 지
냈다.

은파
이태수 시집

발행일
초판 1쇄   2025년 1월 24일

지은이   ● 이태수
펴낸이   ● 김종해
펴낸곳   ● 문학세계사
출판등록   ● 1979. 5. 16. 제21-108호

주소   ● 서울시 마포구 신수로 59-1(04087)
대표전화   ● 02-702-1800
팩스   ● 02-702-0084
이메일   ● munse_books@naver.com
홈페이지   ● www.msp21.co.kr

ISBN 979-11-93001-63-9   (03810)
ⓒ 이태수, 문학세계사